JN110047

目次＊水月伝

大井恒行

suigetsuden

Ohi Tsuneyuki

水月伝

ふらんす堂

大井恒行句集

水月伝

I

東京空襲アフガン廃墟ニューヨーク

なぐりなぐる自爆者イエス眠れる大地

草も木もすなわちかばね神の風

神風に「逢ったら泣くでしょ、兄さんも」

洗われし軍服はみな征きたがる

死というは皆仰向けに夏の兵

十句

——Y. Kazukiに捧げる——

仰ぎしは雨、牛、わだち、黒い日の丸

チチハル地方の千人針に叫ぶ子よ

凍てぬため足ふみ足ふむ朕の軍隊

軍隊毛布抜け出る霊の青い陽よ

零下三十五度死者の両足雪の華

明るい尾花につながる星や黒い骨

泣く朝日「一瞬一生」軍事郵便

木の　針金の　ブリキの脚で　笑う人形

〈近い帰国(スコーラダモイ)〉いくたびも聞き日本海

「自分では死ねんのよのぉ」真昼の凍河(エニセイ)

溶けたのはガラスのうさぎ　鳥　魚

無言館にて　三句

あと五分絵を描くための　樹よ　風よ

召されしに白木の箱の紙切れひとつ

軍事郵便戦死公報小豆飯

千羽鶴その眼幾万幾億や

国禁の書をば郡（こおり）に探しける

荊棘の
九天めぐる
陽の殉義

吹雪たる
地に
足灼きし
裸足の子

木の影に　影の風あり　影の木も

流浪。反骨・異端・星雲・てんと虫

白夾竹桃ラッパ長屋に浮かれ節

逃亡や興亜隆盛花電車

純白の奢りや王道楽土の夏

日章旗捨てられ紙の碑（いしぶみ）も

サンゴ礁海洋保護区眠れず　夏

工夫来て茶代わりの酒　花岡忌

蜉蝣や「虹色のトロッキー」はた「俳愚伝」

冷害の鈴虫を売り始まる給食

油虫「童子死ねり」と書き　桃史

多喜二はピエタ神も仏もなきと母（セキ）

匹如身（するすみ）のすめらの民や雪月花

軍旗また興亜を祈り花の杜

「君が代」に起立不起立昭和の日

夏の雪横浜事件再審却下

極彩の爆心地かな敗戦日

世界中の遺骨にありしきのこ雲

光の粒の蘇生す済州島(チェジュド)ヤブツバキ

地縛りや姉は赤色逃亡者

猪飼野は風の径なり風の春

地吹雪に暮れしはらから植民地

地震の海ついに無数の霊（たま）抱くか

地球忌とならん原発　地震の春

原発忌即地球忌や地震の闇

覚悟なき死のおびただし核の冬

除染また移染にしかず冬の旅

セシウムと赤黄男の落葉　切株に

落葉「スベテアリエタコトナノカ」

触れているこの世の手には地震の風

海の傷はいかに癒ゆべし海の中

原子力発電所すめろぎも穀雨なか

ありがたき花鳥（かちょう）の道や核の塵

原子炉に咲く必ずの夏の花

幾年も降るセシウムや大花野

刑死あり烈暑豪雨下なりまかる

辺見庸「人びとはこれを望んだのか」。

辺野古は基地を望まない　三句

石を投げれば言葉が死んで吃るクレーン

叫びは立ちこめ土砂より速く飲み込む海

空・草木・海・風のこだまは連帯す

かたちないもののもくずれるないの春

切なる嫉妬密になりたいコロナウイルス

頃中は戦時に似たり猛々暑

禍（コロナ）

弱いオトコがまず消えるウイズコロナ

冬青空ウイズコロナウイズ核

ナガサキ忌星より月の匂いたる

万歳の手のどこまでも夏の花

寒キャベツ包む紙面に「格差」文字

「言論の覚悟」かにかく春の陽や

春昼のひびき石なる気球かな

戦争に注意　白線の内側へ

Ⅱ

春の陽の飛魂(ひこん)よ風をつかまえろ

春の空　球根の根ね　さようなら

春と書き待たれる春の水色よ

鳥かひかりか昼の木に移りたる

白雲のなか白雷の去来せり
天心の裏目に雨のごときもの

言の葉をめぐりて水の秋と言え
そこまではと言いなんでやと問うて春

ことごとく春昼の海　鳶　鷗

暴かれて立つまぼろしの花の木よ

はなさくまえの
はなぐせをとう
さくらのき

雨の
氷雨の
日暮らし
みがく風の玉

雨を掬いて水になりきる手のひらよ

蒼空をついに目指さぬうしろ指

覚めているほかは眠りぬ鈴の風

目覚めなき夜の階　一対の蝶浮ける

ストーン　列柱　雲雀よ　風の旅をせん

颪越しに見えしふるさと稲光

彩みかえす落暉に遊べ遠鷺と

木を植えて木が音出すよ春の山

木下闇　花の絶えたる木を抱けり

天穹に白桃浮かぶ宵の橋

嘆きの日青のみ痩せて青き空

ひかりなき光をあつめ枯れる草

天地(あめつち)の水に立ちたる夕日かな

頭を下げて翔つ鳥のあり冬の森

淡雪の野にひそかなる野のひかり
万物をややに動かす春太陽

羽ばたきのこの震えこそ風の息

赤い椿　大地の母音として咲けり

ミカドアゲハよ望の夜を翔ばんかに
万物のふれあう桜咲きました

言の葉のひかりとならん春よ来い

漏刻や絶えざる春のみなもとに

知らぬ間や生死連なる飛花落花

手を入れて水のかたさを隠したる

からすうり　陽に吊り上げて　泛かぶなし

風のいろ火のいろなべて地震の色

雨の木になる前の木の花のまま

天穹に喝采ありや桐の花

白き蛇みずうみ飾る幻氷期

呼べど帰らぬ片白（かたしろ）の舟　海や山

天心の綾目に赤き花の雨

真昼よりこぼれし月を鳥とする

白秋の鳥いる朝のひかりかな

蝶や鳥　翔ばんとしてはうつる影

水無月の木に昇らする花の水

すすき占明日まぼろしに託しけり

駅から駅へていねいに森を育てる

浄不浄凍てを逃れず黒き鶴

Ⅲ

悼　中村苑子（二〇〇一年一月五日・享年八七）

切り抜きは重信の記事桃遊び

悼　三橋敏雄（二〇〇一年一二月一日・享年八一）

残像やかの狼やあやまちや

悼　佐藤鬼房（二〇〇二年一月一九日・享年八二）

いくたびもまかせて希望の春を言いし

悼　市原克敏（二〇〇二年五月三日・享年六三）

よろぼいて神よと問いし白き貌

おびが驚く花見干潟や三行句

悼　大岡頌司（二〇〇三年二月一五日・享年六五）

「憲法を変えるたくらみ」六林男の訃

悼　鈴木六林男（二〇〇四年一二月一二日・享年八五）

悼　風倉匠（二〇〇七年一一月一三日・享年七一）

風は木に木は風になる風の倉

悼　長岡裕一郎（二〇〇八年四月三〇日・享年五三）

裕一郎驟雨に似たる花吹雪

悼　八田木枯（二〇一二年三月一九日・享年八七）

「花筵雨情」市ヶ谷を花嵐

悼　糸大八（二〇一二年三月九日・享年七四）
高屋窓秋句集『花の悲歌』の装画は糸大八。

「花の悲歌」芥子の花にぞとこしなえ

悼　加藤郁乎（二〇一二年五月一六日・享年八三）
賀状に「知友次々となくなり　話相手すくなきが淋し」とあり。

郁山人淋しきものは長き春

悼　眞鍋呉夫（二〇一二年六月五日・享年九二）

「不戦だから、不敗」とぞ雪女

悼　さとう野火（二〇一二年七月二六日・享年七二）

行けば会える日もありなんと点る野火

悼　上谷耕三（二〇一二年一二月一三日・享年六三）

大人（たいじん）の風貌のまま時雨けり

悼　磯貝碧蹄館（二〇一三年三月二四日・享年八九）

握手して獅子たる見得や春の天

悼　和田悟朗（二〇一五年二月二三日・享年九一）

水中の水はレモンの水ならん

悼　阿部鬼九男（二〇一五年一一月一九日・享年八五）

霜の墓立ちいたるかに鬼九男の訃

悼　吉村毬子（二〇一七年七月一九日・享年五五）

衰弱死哀しき夏の手毬唄

悼　椎名陽子（二〇一七年八月二七日・享年八二）

椎の実の名に陽をためて天の子は

悼　金子兜太（二〇一八年二月二〇日・享年九八）

他界の春を与太な兜太よ九八

悼　首くくり栲象（二〇一八年三月一一日・享年七〇）

栲（たく）よまた吹かれる風に吊り上ぐ椿

悼　金田冽（二〇一八年三月一六日・享年六九）

いくたびも魂おくらなん春の雨

悼　佐藤榮市（二〇一八年五月二三日・享年六九）

逢い直す春よ無常の使いきて

悼　大本義幸（二〇一八年一〇月一八日・享年七三）

我ではなく春の硝子に満ちる影

悼　高橋龍（二〇一九年一月二〇日・享年八九）

龍天に青枯れの葉を玩味するか

悼　葛城綾呂（二〇一九年一〇月二八日・享年七一）

朋の死後わが死後秋の青空よ

悼　北川美美（二〇二一年一月一四日・享年五七）
ブログ「大井恒行の日日彼是」は、介護する愚生の蟄居の手すさびに、筑紫磐井と北川美美が、万端整えてくれた。

捧ぐいのちを眞神考とぞ初御空

悼　安井浩司（二〇二二年一月一四日・享年八五）

糸電話浩司安井のさるおがせ

悼　清水哲男（二〇二二年三月七日・享年八四）

されど雨「天と破調」という遺髪

悼　大泉史世（二〇二二年五月一九日・享年七七）

美本づくしの史世一民（ふみよかずたみ）万華鏡

悼　救仁郷由美子（二〇二二年八月一〇日・享年七二）

汝と我不在の秋の陽がのぼる

悼　岡田博（二〇二二年八月二七日・享年七二）

尽忠の映画の海に逝かしめき

悼　黒田杏子（二〇二三年三月一三日・享年八四）

木の椅子にかけず逝かれし杏の子

悼　齋藤愼爾（二〇二三年三月二八日・享年八三）

愼爾深夜の夏の扉を開けましたか

悼　澤好摩（二〇二三年七月七日・享年七九）

極彩のみちのくあれば幸せしあわせ

倒れしのち、「しあわせ、しあわせ」とつぶやく。

悼　岸本マチ子（二〇二三年七月二九日・享年八八）

うりずんや恍惚を生くたてがみの

両腕で抱いてごらんとらふ亜沙弥

悼　らふ亜沙弥（二〇二三年一〇月一七日・享年七三）

奄美まろうど蘇鉄句会やメランジェも

悼　大橋愛由等（二〇二三年一二月二一日・享年六八）

悼　上田玄（二〇二三年一二月三〇日・享年七八）

「鮟鱇口碑」肌に彫りたるぞうはんゆうり

「鮟鱇口碑」は句集名。

Ⅳ

行方わからぬ光放てり手の林檎

林檎の花散るは都の外ならん

春風や人は木偶なり踊るなり

涙のつぶ怒りのつぶも天秤に

善魔より悪魔待たれる春一番

痩せてくる月見草にぞ百の鬼

見殺しや泳ぎてたどる朝の虹

死思えるは生きておりしよ著莪の花

大道寺将司句集『友へ』

水の蝶ふえて水呑童子かな

豊中の大本義幸のアパートに泊まる
窓に硝子は無く星空が見えた。

楠のくすと応えし　風か　木か

団塊世代かつて握手の晩夏あり

辺陲の地に咲く椿　明日ありや

安井浩司『山毛欅林と創造』讃

風の音
水の音
山の音する
山毛欅林

安井浩司『牛尾心抄』四十年後の剽窃譚より　六句

言葉なく瘧(おこり)に向かう山葡萄

家ぬちの裸女は常なる木蔦かな

草蔭を返せば素十の甘草か

砲手ならずも絶えて久しき労農派

どんに合わせ馬鹿蠟燭をのぼる蛇

歌棄(うたすつ)村(むら)のニシン場恋し父親は

秋麗や吾輩ハ猫デアルデスマスク

「いやだ！」という樋口一葉冬の雷

虐待の拍手を蜜のように吸う

巣にかかる愛だけ食べて島の春

胸の上に置きたる禁書　痩せ男

痩せ落ちる肉もあらんか根深葱

ついに椿　未完ならんか句も俳も

夕焼けや走り続ける道化を負い

炎天に問う歩きてさらに問う

人類の祭ののちや月揚がる

黒き白き鳥すさぶ日のおお大和（やまと）

赤い十字架「ぎなのこるがふのよかと」

残った奴が運のいい奴

鯉のぼり成熟をみせ泳ぎけり

炎天の日を見て焦げて放られり

金子兜太邸「これは皆子が持ってきて植えた……」。

明日は虎ふぐの庭に来ている半夏生

見残しの　後の昭和よ　火打石

虚舟（むなしぶね）漕ぎつつ列を崩さざる
枯色のメタセコイヤと日章旗

人にのみ祈る力よ　日よ　月よ

「烏髪に雨降り胸を開きたり水の言葉を溢れさせつつ」（詠人知らず）
の歌あれば、

烏髪の髪歓喜して烏世界

歳旦の箸置きいくつ窓秋忌

死神に精度はあらず冬の旅

虚舟（むなしぶね）漕ぐ汝と我とすめろぎと

桜前線つぎつぎこころの戒厳令

集団的などてすめろぎのぞまず　夏

にっぽんに軍手はチャチャチャ舞囃子

都忘れみなあわれなる地球のみやこ

緑星（りょくせい）やみどりの霧に鳥語せる

つぐなえる死などはなくて母の秋

また一人あらわに死ねり白椿

両の手で月虹かこむ離垢（りく）のすめらよ

雪月花「せいしんてきの白い火が」

にっぽんを揺れ進みたる夜の神輿

墨書は「死民」暗黒の満つ力石（ちからいし）

淡き虹のちの時代に架けられる

狐のかんざし素人（しろうと）戦（いくさ）つかまつる

夕空の美意識に傷しでこぶし

歩くたび幻像の春残りけり

根は風のうそぶく水を生きており

桑原正紀に「団塊をなして『えっさか、ほいさか』と
古稀坂越えし白頭ねずみ」の一首あれば、

かつて朋らは白頭山を登らんと

近藤洋太著『眞鍋先生』を恵まる。

「不戦だから、不敗」やゼロや薄氷（うすごおり）

阿部鬼九男著『黄山房日乗』への35年後の剽窃譚抄　五句

春しずかキエフの門に核の雨

天体に差し入れし身や嘆き舟

不如帰チェルノブイリにみまかれる

山水に非在の鳥の舞いおりぬ

生涯に書かざる言葉あふれ　秋

菜の花や涙の鳥のウクライナ

ダモイ(家へ)また聞くに堪えざる春隣(ウクライナ)

幻聴のオオシマゼミは好色か

方言札いまは無きかや琉歌(ウタ)の夏

くるぶしを上げて見えざる春を踏む

てるてる坊主川に流せり死児のため

死ぬ人の寒中の文　達者かと
赤い林檎かの痛点に至りけり

雪花菜（きらず）なれいささか花を葬（おく）りつつ

この国をめぐる花かな尽きたる山河

あとがき

句集『水月伝』は、現代俳句文庫『大井恒行句集』（一九九九年一二月）以後、二〇〇〇年から二〇二三年に至る二三年間の作品から選びとった。個別の句集としては三冊目だが、『大井恒行句集』には、第二句集『風の銀漢』（一九八五年）以降の作品を未刊句集として収載したので、実質的には第四句集にあたる。

ボクの怠惰も手伝って『大井恒行句集』以後の句は、散逸するに任せていた。ただ、同人誌「豈」に、その都度、新作ばかりではなく、総合誌を含む様々な雑誌の既発表作品の中から、気に入ったわずかばかりの句を「水月伝」「無題抄」として再掲載していた。よって、本句集は、ほぼ既刊の「豈」から選抜した。

ボクのこれまでの単独句集はすべて故人に捧げられている。第一句集

『秋ノ詩（トキウタ）』（一九七六年）は、ボクの育ての親ともいうべき伯父に。第二句集『風の銀漢』は、伯母に捧げた。

　本句集は、ボクの五十代半ばより、書肆山田の鈴木一民（かずたみ）が、再三再四慫慂していたので、上梓するとすれば、書肆山田以外には考えていなかった。それが、句、いまだ整わずとしてついに応じることができなかった。これまでのボクの単独句集はすべて彼の手によっている。一昨年、一民は、かけがえのない同志・大泉史世を亡くし、そして、その三か月後に、ボクの妻・救仁郷由美子も逝った。不明を恥じるばかりだが、本句集もまた、大泉史世と救仁郷由美子に捧げたいと思う。さらに、ボクの俳句を支えた先人諸兄姉にも。

　此の度は、大泉史世を敬愛していた、ふらんす堂社主山岡喜美子の手を格別に煩わせることになった。記して謝意を表したい。

尽忠のついに半ばや水の月　恒行

二〇二四年一月

大井恒行

著者略歴

大井恒行（おおい・つねゆき）

一九四八年、山口県生まれ。「豈」「ことごと句」同人。

句集に『秋ノ詩（トキノウタ）』、『風の銀漢』。現代俳句文庫『大井恒行句集』。

著書に『本屋戦国記』、『俳句　作る楽しむ発表する』、『教室でみんなと読みたい俳句85』。

共著に『21世紀俳句ガイダンス』、『現代俳句ハンドブック』など。

ブログ「大井恒行の日日彼是・続」更新中。

　https://testusuizu.blogspot.com/

現代俳句協会会員。

句集　水月伝　すいげつでん
二〇二四年四月二三日　初版発行
著　者――大井恒行
発行人――山岡喜美子
発行所――ふらんす堂
〒182-0002 東京都調布市仙川町一―一五―三八―二F
電　話――〇三（三三二六）九〇六一　FAX〇三（三三二六）六九一九
ホームページ　https://furansudo.com/　E-mail　info@furansudo.com
振　替――〇〇一七〇―一―一八四一七三
装　幀――和　兎
印刷所――日本ハイコム㈱
製本所――日本ハイコム㈱
定　価――本体二六〇〇円＋税
ISBN978-4-7814-1648-9　C0092　¥2600E
乱丁・落丁本はお取替えいたします。